声の記憶を辿りながら

熊谷ユリヤ
kumagai yuriya

思潮社

声の記憶を辿りながら

熊谷ユリヤ

思潮社

目次

この惑星《ほし》が熟して落ちて朽ち果てる前に　8
ひとのかたちに複製されて　14
滅びゆくものたちへの鎮魂歌《れくいえむ》　20
祈りのかたちに合わせたままで　24
一瞬の奇跡にすぎないという意味で　30
夜が明けるとクジラは死んでいた　36
時間の闇から掬いあげて　42
この耳を濡らす声たちが　48
ユーラシア大陸に落ちた夕陽の　54

携帯電話は離散した民族を繋ぎ　60
モネの睡蓮が池を覆い尽くす前に　62
食べ残された樹皮の記憶は　68
翼ある命たちのために　72
家具のない空間で年月が軋んで　78
皆既帯を航行する船から　82
バースデーケーキは母系遺伝の仮説　88
声の記憶を辿りながら　96
あとがき　100

装幀＝思潮社装幀室

声の記憶を辿りながら

この惑星《ほし》が熟して落ちて朽ち果てる前に

瞬間、
不協和音が瀕死の森を
破る！

彫刻が施された巨大な音響箱が
真っ二つに割れて
グランドハープが崩れ、
大地に叩きつけられる。

無数の羊腸弦が、
絹弦が、
銅巻弦が、
スチール弦が、
ナイロン弦が、
後から、後から、後から、
断絶する。

無垢材の共鳴板が、
共鳴胴が、
空洞の支柱が、
飛び散る。

（つかの間の静寂）

人間に切り倒されてなお
呼吸だけは続けていた
木の不思議。

エル・ニーニョの年に木々は朽ち、
伐採が進んだ森は狂い、
ラ・ニーニャの年に木々は乾き、
植林を忘れた森が叫びだす
その前に、
自ら壊れて逝きたかった。

イヴが口にしなかった果実が
エデンの枝に取り残されて、

うるう年のたびに熟し、
部分日食のたびに腫れ、
皆既日食のたびに膨れる。

深く傾いた地軸が
巨大化した地球儀を
支えきれなくなる夜を待たずに、
自ら落ちて逝きたかった。

《孤独死》という呼び名を拒絶して、
《孤高死》と名づけた女たち。

誰かにではなく、
何かに摑まっていたかった女たち。

誰かをではなく、
何かを抱いていたかった女たち。

ただ、ただ、ただ、ただ
巨大なハープが欲しかった女たち。
名づけびとの声に合わせて
記憶を響かせたかった女たち。

この惑星が熟して落ちて朽ち果てる前に
悔恨と祈りを弾きたかった少女たち。
蛇に唆された女の罪ではなく、
その息子たちの子孫たちの仕業なのだと
歌いたかった老女たち。

スローモーションで崩れながら、
女たちのなかの
分散和音、
遠い声の
倍音、
のち、
不協和音の
（残響）

ひとのかたちに複製されて

本当は、どこの家にも
開かずの間があるらしい。

押し入れやクローゼットの奥には、
初めての引っ越しの夜以来
一度も開けたことのない箱。
その中には「工房ひとがた」があって、
夜ごと様々な人種の姿で
複製《れぷりか》たちが創られているのだという。

今、この瞬間、
六八億六八三三万一九七の命が
一三七億歳の宇宙に浮かぶ
一粒の星を彩っているのだから。

かたちを持たない何かから
泥粘土で丁寧に型をとり
焼石膏で鋳込み型を造るひとは、
複製たちの名づけびとになる。

この星の非日常と日常が逆転する時刻、
ひとがたの材料は
閉じ込められて乳化をはじめる。

残り少ない酸素に晒されながら
時は激しく乾き、
やがて脆くなっていく。

眼窩の宙に、
黒や褐色や青や灰色や緑色の
球体硝子が嵌め込まれる。

ひとのかたちに似せた複製が、
無数の名をつけられた
似すがたになる。

眉が、一本一本
睫毛が、一本一本絵付けされる。

耳たぶが貫かれる時刻、
唇の赫さえ
底なしの年月を真似て
色褪せていく。

時を欺いた罰として
閉じ込められた檻は、
穏やかで優しい手が
三十六度八分に温めておいてくれる。

色とりどりの眼球が
そのひとを探し求める。

複製たちの鼓膜が
そのひとの声に震えて応える。
秘密の工房
あるいは開かずの間の
開かずの箱が
揺れる。

滅びゆくものたちへの鎮魂歌《れくいえむ》

請求書と督促状に紛れ込んで、
見覚えのない差出人から
手書きの招待状が届く。

「緑豊かな北海道の自然の中で
癒されてみませんか。
竪琴は魂の音を奏でます。

オゾン層破壊で

南極上空にあいた巨大な穴も、
地球温暖化で
溶けだした北極の氷も、
海面上昇で沈みゆく珊瑚の島国も、
砂漠化も森林破壊も、
希少種も絶滅種も絶滅危惧種も
ひととき忘れて
癒しの空間に身を委ねてください。

（ところで
環境データ疑惑の噂は
ご存じですか？）」

招待状をかたく握りしめ

円山動物園の遊歩道から
地図に載らない脇道に逸れて、
かつて参入儀式の空間と呼ばれた原始林へ
裸足で入っていく。

（やがて、音楽療法の罠。
その後、禁断症状）

弓に糸を張り爪弾くだけでは
物足りなくて、
最初の木を切り倒し
竪琴をかき鳴らしたひとのように、
あるいは夜ごと、夜ごと
増えていく眠り薬のように。

滅びゆくものたちへの鎮魂歌を
弾き語りたい絶滅危惧種の哀しさで
無限大の楽器が欲しくなる。

誰かが
どこかの国の瀕死の森で
わたしのために無限大の樹を切り倒す。

祈りのかたちに合わせたままで

駅前通りのローソンで
かさばる物を手当たり次第に買って
小さなサムソナイトに詰め込み、
旅びとを装う夜。

記憶こそが人間の存在証明なのだから
非日常から日常を見降ろして
遠い時間を取り戻したい
超高層ホテル。

午前三時の窓際に立てば、
時間の隙間へと
色彩も危うく落ちていく
数知れぬわたしの記憶たち。

濡れた目は
未体験の恐怖に見開いたまま、
退化が始まった翼は
小さな背中で
祈りのかたちに合わせたまま。

無邪気さの短期記憶は、
ふわ、ふわ、ふわと落ちていく。

鳥のかたちに広げる翼をもたない
長期記憶は、
急速な落下の後
突然、
何か懐かしい物の上に横たわる。

帰巣本能が刺激された後で
脳の右半球が少しだけ痛む島。
帰巣本能が罪悪感に似ていると気づき
脳の左半球が激しく疼く街。

こんな空から見降ろしながら、
物心ついた頃から繰り返してきたあの問いを、

呪文のように口にする。

波打ち際を漂いながら、
あともう少しで
答えの向こう岸に届きそうで。

それなのに
二リットルボトルの
海洋深層水を
ラッパ飲みするだけで
液体時間に溺れそうで。

サムソナイトの中で
バニラアイスが溶け出して

液体時間の濃度がどろりと増す
午前四時。

（今、
遠い遺伝子が
呼んだ）

記憶たちは宿主の存在を証明したくて、
声の方角へ少しでも
近づこうとする。
こんなときでも人間たちは
秘密の名前を尋ねる。

記憶たちは、

いつも架空の名を告げる。
「あしたは、
どこで眠ればいいのですか？」

答えを知っているのに
そう尋ねた瞬間、
逆説の記憶の断面図は、

渇いた喉に無理やり詰め込まれた
ポテトチップスの薄さで
粉々に崩れ去る。

一瞬の奇跡にすぎないという意味で

離陸後まもなく
グリニッジ標準時に針を戻せば、
時差に立ち向かう決意は
もう揺らがない。

水平時間を遡り
十二時間三十七分飛び続けた朝、
極東からの旅びとは、

入国審査官が発音した自分の名を
新たな呼び名として素直に受け入れる。

一年分のサムソナイトをひきずって
歴史の重みに撓む広場を抜け、
曲がりくねる石畳を辿り
木の橋を渡れば、
築一六四年の館が待ち受ける。

「貸間へ上がる階段は
軋みながら朽ちていく木の螺旋ですが、
宜しいですか」と
大家さんが握手の手を止めて尋ねる。

螺旋階段で足を取られぬように
垂直時間へ時計回りに上りながら
何かを求めて泳いだ指が、
蜘蛛の巣を破ってしまう。

大家さんは菜食主義の哲学者。
生きとし生けるものの命を奪った記憶は
全くないのだという。

「……蜘蛛の巣の幾何学的な美しさを
冒瀆したのは何故ですか?
価値観という言葉をご存じですか?
貴女の国と、この国の違いは、
九時間の時差だけではないのですよ……」と、

お気に入りのタンパク源、
エダマメの小皿を手に、
永続する母音と瞬間の子音で、
説くように話す。

日本に帰りたいと号泣した
翌朝、
蜘蛛の巣はきれいに取り払われている。

階段の軋む踏み板には
礫にさえ使えそうな大釘。
打ちつけられた紙切れの
飾り文字を解読する。

「大宇宙の連続体上では
いかなる命も一瞬の奇跡にすぎない
という意味で
人間と蜘蛛は対等なのです。
時々でいいですから
それを思い出して下さい。

(ところで、
日本人である貴女は
仏教哲学に詳しいのでしょうね。
お茶を飲みながら
語り合いませんか)」

傍らの巨木の大枝に
見覚えのある幾何学模様が煌めく。

夜が明けるとクジラは死んでいた

テムズ河に仔クジラが迷い込んで
瀕死の旅を続ける。

河岸を埋める叫びと涙と歌と祈りは
テレビ画面から溢れ
九十六キロ離れた町の昼食会で
食前酒に注がれ
食前の祈りに紛れ込み
前菜の皿に盛りつけられる。

願いと祈りが尽きれば
やがて話題も移り
《絶滅の危機に瀕した
優美で知的な哺乳類を惨殺し、
海面を血の色に染め、
その肉を食べることさえする国》への
礼儀正しい非難に姿を変え、
わたしは無口になり
前菜は見る見る減っていく。

ここは
クローン羊ドリーが創られた町。

あの日テレビで見た可憐な命に似た
仔羊のローストがメイン料理。

「あなたは日本人だけれど
まさか、クジラを食べるような
野蛮人ではないでしょうね」と
冗談交じりの問いかけ。

「子どもの頃、わたしの国は貧しくて、
給食のお肉は、豚の脂身かクジラが定番でした。
残さず食べなければ叱られました。
クジラは、お高くなって、
めったに口にできませんけれど
懐かしくないといえば嘘になります！」と

なぜか大声で答えてしまう。

瞬間、
数十組のナイフとフォークが静止し、
数十のワイングラスが深く傾く。

「……クジラを食べるのは日本の伝統的食文化です！
皆さんこそ、キリストを神の仔羊と称していながら
あの愛らしい生きものをラム・ローストに……」

仔羊の残骸が慌ただしく運び去られ
話題とお皿がさり気なく取り替えられて、
バースデーケーキに似たデザートが届く。
わたしは頑なにケーキを拒む。

環境問題とアフリカの飢餓の話が尽き
アールグレイ紅茶が冷めて
ようやく昼食会が終わる。

バスもドライバーも安息日を守る町。
神が人間の食料として創った仔羊を
食べたことも忘れるほど歩き続ければ
セント・メアリー教会が立ちはだかる。
重い扉を両手で押し
小さなキャンドルに祭壇の火を移し、
あのクジラのために祈ろうとして、
この国の動物愛護主義者たちは
仔クジラを名づけていなかったことに気づく。

テムズ河のクジラに相応しい
和風の名前をつけてから、
どうかお救いくださいと祈りを捧げる。

秘密の名をつけられたクジラは
人道的な方法で安楽死させられる前に
最期の力を振り絞って
激しく力強く暴れ、
自ら傷つき
命尽きた。

時間の闇から掬いあげて

この国の鍵穴の位置が
呆れるほど高いうえに、
三か所もあることを呪う代わりに、
自分の背が低いことを嘆きながら
爪先立ちと手探りで、
逆時計方向に回す三本の鍵。

午後三時の扉の向こう側は、
深夜零時の時差の部屋。

（一つの時間帯を離れて、
別の時間帯に棲み、帰国することと、
この世で死んで向こう側で
再び生まれ変わることは
どれ程の違いがあるのだろう）

緯度が高ければ高いほど
九時間先の闇は蒼さを増し、
報われない母性愛のように
もう一つの時間帯の数知れぬ眠りを
見守る不寝番の時間は、
永くなる――

閉じた瞼の下で震える
赤い水晶球、
味蕾に硬水の
苦味、
鼓膜に規則正しい
時差の寝息、
鼻腔には仮想空間の
匂い。

「あなたが
あの冬のスズメのように
この国から
忽然と姿を消して以来……」
で始まる絵葉書が日本から届くたび、

時間の闇に浸してあった中指で
文字をなぞってみる。

らせん指紋の淵は
いつしか
すべらかに埋め立てられていく。

蜘蛛の巣を模したインターネットの空間では、
架空の孵化と羽化が進み、
罠を逃れた昆虫の羽ばたきが響き渡る。

ようやく時差の陽が昇り
こちら側の夜が来る。

歴史の町の間借人は
電気料金箱に一ポンド硬貨を投げ入れ、
レバーを時計回りに回して
灯りをつけ、暖を取り、髪を洗う。

一ポンド硬貨が尽きれば本当の闇が来て、
二つの時間帯に挟まれながら
自分の名前を呼ぶ声を聴く。

九時間先を生きる誰かが
今夜も掬いあげてくれると信じ、
記憶の中の逗留者は、
眠りの帰路につく。

夢の中で
「わたしが
あの冬のスズメのように
この国から
忽然と姿を消して以来……」
で始まる絵葉書を手に
青いポストを探しに行く。

この耳を濡らす声たちが

砂漠から西安へと帰着する。

絹の道の入り口と信じていた
かつてのオアシス都市は、
東に向かう旅びとにとっての
終着点でもあったのだ。
そう気づいた
刹那、
心は砂漠に引きずられる。

翠色に霞むもの
遥か蒼く光るもの
白く澱むもの
金色に挑みかかるもの
すべて蜃気楼だと信じ込む
ゴビ砂漠の異次元。

紅柳《べにやなぎ》と砂と
風と駱駝草と
羊草と熱と
砂漠の空との連続体を一気に遡り
二十一世紀が遠のいていく――

人の背丈ほどしかなくなった長城と
古い門の痕跡に
声の貢物を供える人間たち。
剝き出しの皮膚と産毛が焦げる
音と匂いが、
まだ見ぬ生きものたちを
疑似オアシスに誘き出す。

枯れ草色の羊が、
砂色の兎が、
血の色の蠍が、
闇色の目をした爬虫類が、
小刻みに動き回る。

ひび割れた川底の文様は
砂漠の低温火傷という手段で
自分の皮膚に刻まれるために
用意されてあったのに、
真昼のわたしには
知らされていなかった。

ここでは、日本からの旅びと以外の
あらゆる生命体が沈黙の声を発する。

捧げものの肉声さえも
たちまち熱砂風に運び去られ
気がつけば、遠い風景の一瞬。

砂漠の涙腺から溢れ出した
時間の声たちは、
つかの間を旅するものたちの目を染め、
目尻から始まる絹の道を伝って
最初の旅びとの耳を濡らす。

干上がった川底の記憶は、
両脚のケロイドとなって
今でも　わたしと居る。

素足の季節が訪れるたびに、
二度と産毛の生えない薄皮の砂漠が
膝の下で艶々と立ち尽くす。

ユーラシア大陸に落ちた夕陽の

ニュートンの林檎は、
ユーラシア大陸の地平に落ちる夕陽の
前兆に過ぎなかった
のかもしれない。

敦煌博物館の展示販売部では、
大人の頭ほどある血赤水晶球から
視線を逸らすことが出来なくなった。

鉱石ショップで時折見かけるような、
薄らと血を滲ませた
白血球ではない。

それは巨大なユーラシアの赤血球。

球体に幽閉された文様は、
鳴沙山の砂絵。
駆け下りる風が描く波の迸り。

すくった砂をかけ合いながら
はしゃぐことしか遊びを知らない
転生の子どもたちの幼い手のひら。

あの子どもたちのなかで
一番幼い少女は、
数百年前の自分だったのかもしれない。
あるいは
数百年後の自分になるのかもしれない。
という幻想が、
日本まで追いかけてきた。

（モンゴルのゲル村で
落日を看取ったあと、
オオカミの遠吠えに熱を出し、
馬乳酒の酸味に
胃を焼いた旅よりも更に
重い後遺症……）

砂漠に落ちる既視感のひずみは
わたしを傷めつけ
何度も自分のうわごとで
目を覚まさせた。

それから三十四日経って、
崩れかけたダンボール箱が届く。

漢字の断片がちりばめられた
灰色の再生トイレットペーパーの
雲間から
巨大赤血球の夕陽が
強烈な意思を従えて蘇える。

大陸の記憶も、
絹の道へ連なる命も、
前世の名前も、
来世の名前も、
血の天球に呑み込まれていく。

携帯電話は離散した民族を繋ぎ

《ノキアは人と人を繋ぐ》《NOKIA Connects People》という一行広告。ダビデの星が青々と輝く国旗に添えられている。テルアビブ空港、二番搭乗口の窓の外に迫ってくる。

それを見つめ、声を上げて泣きじゃくる年老いた人たちがいる。どこから誰と来て、誰と再会を喜び合い、誰に見送られ、どこへ帰るのか。

死海の塩水に浮かびながら、帰属意識について語り合い、ゴルゴダの丘を登りながら、奇跡について語り合った、わたし自身の旅の最終章。

数奇な運命を背負わされた異郷で垣間見た風景。果てしなく続く国境線のコンクリート塀、聖日の嘆きの壁。ゴラン高原の錆びた砲台、至る所で受けた屈辱的なほどの検問。

世界中から集まってきた民族の子孫たち、問わず語りの物語（耳を傾けている間は、土地を追われた側の悲劇さえ忘れてしまうほど）。

何にも増して強烈に脳裏に蘇り胸に迫ってくるのは、語られなかったけれど目の当たりにした、空港の一行詩。

（そして、自分が海に囲まれた国に偶然生まれたという幸運）

モネの睡蓮が池を覆い尽くす前に

画集を一冊、百円玉を六枚持って
セブンイレブンへ行くだけで
カラーコピー機から、いとも簡単に
ジヴェルニーの庭園が現れる。

色彩の睡蓮の上に
睡蓮の色彩が浮かぶ。

深紫の池、池の薄紫、

黄色の蕾、水面のひかり、
ひかりの水面、空色の池、
蕾の紅色、青紫の池、
藍色の池、池の深緑、
池の深紫、薄紫の池……

クロード・モネが晩年に描き続けた連作が
画集を抜け出し、
わたしの寝室の壁面の半分を覆う。

わたしがまだ幼かった頃
『成長の限界』でローマクラブが
投げかけた警告は
『不都合な真実』に触発されて、

大人になったわたしの脳裏に蘇り
モネの睡蓮の池に物語として潜り込んだ。

「ジヴェルニーの池の中に
睡蓮を一株植えました。
睡蓮は毎晩二倍に広がります。
睡蓮が水面を覆い尽くしてしまうと
池に棲む生きとし生けるものは
窒息死を遂げることになります。
睡蓮が水面の半分を覆ったときに
刈り取ればいいのだと
モネは信じていました。
二十九日目には
池の半分を睡蓮が覆いました。

池の水面をすべて覆い尽くすのは
何日後のことですか？」

「翌日」という答えこそが
環境破壊警告クイズの
正解なのだと気づいたとき、
自分の呻き声を聞いた。

僅かに残った
ジヴェルニー池の水面が
カオス理論に波立つ。

次々と生まれるハリケーンに
女と男の名前が交互につけられ、

海の向こう側の地震が
こちら側の津波に姿を変え、
アマゾンの奥の蝶の羽ばたきが
こちら側のゲリラ豪雨に姿を変える。

（せめて
環境データ誇張の噂が
真実であって欲しいと願う）

けれど、
クロード・モネの
睡蓮たちは、
わたしの寝室の
青い壁面を

今にも
覆い尽くそうと
している。

(その後
息苦しさ……)

食べ残された樹皮の記憶は

両眉の外側、
半分上

ちょうど
この辺りに棲むという
遠い記憶の海の馬。

午前零時七分に生まれて
誕生日のたびに

少しずつ小さくなっていく
哀しい生きもの。

脳の右半球で出会った
そのひとの
名前も、
出会いの場も、
出会いの時刻も、

ひとたび
扁桃体を通り過ぎれば
記憶の海馬に
食べられてしまうという。

食べ残された樹皮の記憶は
脳の左半球で、
逆説の呪文となって、
針葉樹の塔から降り続ける。

泣きながら
境界を越えて
こちら側に生まれてきた
命たちの
帰巣本能をあやして
寝かしつける。

翼ある命たちのために

何年か前の冬
この島からスズメたちが姿を消した。
異常気象と
生態系の破壊のせいだったという。

大地の保護色を捨てた
スズメたちが
薄紅色のコトリになって
風の中から池に舞い降りた。

とおいことばと声に導かれる
コトリたちの帰巣本能は、
ヒトの脳の奥で燻ぶる本能と
少しも変わらない。

ヒトもコトリも
水棲生物だった頃の記憶が
呼び起こされるたびに
羽毛の鱗が逆立つ。

睡蓮の池の碧に沈めた約束が
水を揺らす。

癒されて透き通った時間は
葉脈を伝って鋭い葉先から滴る。
薄い紅色の蕾が開く。

花びらの縁から
花の色に喉を染めながら
コトリが咲きはじめる。

やがて風切り羽の先から
翼を伝って羽毛へと
甘苦い匂いの色彩が広がってゆき
あたり一面
コトリたちが咲き乱れる。

コトリたちとヒトたちの
夢の断面図は
どちらも不思議な弾力を保ち、
今でも絶頂で中断し
今でも絶頂で再開されている。

デジタルカメラが
そんなに優しく見つめるから、
翼ある命と翼無き命のあいだに
交わされる
時を超えた無言のことば
立ち昇る未知の絆。

ヒトはあどけなさの素顔で
コトリを真っすぐに見つめ返す。

かたわらの芝生では
ハシボソガラスが
イネ科の草を必死で啄んでいる。

こんどは
カラスたちが姿を消すのかもしれない。

このままではいつの日か
ヒトも姿を消すのかもしれない。

翼をもたない命たちのために

トリたちが先に
姿を消してみせてくれるのだろうか。

家具のない空間で年月が軋んで

鍵の在り処を告げないまま
そのひとが旅立ってから
何年も探し続けて、
ようやく開かずの間に潜り込む。

後手にドアを閉め
遮光カーテンを束ねて、
森に面した開かずの窓を開け放つ。

夜ごと夜ごと疎らになっていく森の
擬態の木から声が聞こえる。

「目を閉じて
ゆっくりと数えあげてみるがいい。
交わすべき全てを交わし合ったひとが
旅立ってしまった後の世界に
それでも棲んでいたい理由《わけ》を。
生きていたい理由を」

十一月になっても
向こう側に逝くことができなくなったのは
三面鏡が開かなくなってから。

他には家具のない空間で年月が軋む。

いつからか色褪せていった皮膚感覚。
それでも抽象の思い出が刻みつけられるたび、
微かに動いて応える。

今は、この惑星が愛おしい。
たとえ独りになっても、
執拗な反芻動物となって
記憶を喰《た》べながら
生きていく。

皆既帯を航行する船から

（一九六三年七月二十一日の少女が
肉眼でコロナの流線を見つめる
北緯四三度　東経一四一度の座標）

「せっかく悪石島まで来たのに
お天気に恵まれず
四十六年ぶりとなる感動の皆既日食、
見られなくて残念でしたね」

ＴＶレポーターに声をかけられ
少女が屈託なく答える。

「あ、ぜんぜんだいじょうぶです、
にじゅうろくねんご、
たのしみにしてます」

（地上の風景が揺らぎはじめ
二〇三五年九月二日の少女が
息を殺して約束の時を待つ）

画面が暗くなって
朱赤に染まる地平線が現れる。
やがて薄闇の中で

雲の切れ間を探し求めながら
皆既帯に沿って静かに航行する
チャーター船が映し出される

（そんなにしてまで
今、ここで、
この光景を
目の当たりにしなければ
ならない人たちとは
いったい誰なのだろう）

今でも古い水を湛える惑星の
最初の皆既日食の恐怖の瞬間からずっと
予兆に震え続ける座標を

予告通りに
六分四十秒の闇が支配し
青の炎は黒の天球をめらめらと縁取り
真昼の惑星たちが微かに
浮かび上がる

月の谷間に再びの太陽が姿を見せる

（洋上観測をする人々の
ざわめきを逃れて
左舷にたたずんでいた人影が
手の中の硝子瓶の蓋を
逆時計回りに緩めていく。

コロナの餘燼が浮かぶ海面に
かつての少女の灰が
降り注ぐ）

再び地上の風景が揺らぎはじめる

テレビのスイッチを切って
わたしは
黒の画面に浮かぶ貌と
向きあっている

バースデーケーキは母系遺伝の仮説

どうやら
最後の誕生日は
翠の森病院の
廃止された療養型病棟のベッドの上で
迎えることになっているらしい

仔クジラが死んだ日の
デザートに似たバースデーケーキが
わたしの生まれた時刻に届く。

添えられた紙切れには
見覚えのある大家さんの飾り文字。

「全てのヒトの
遺伝子を遡れば、
二十億年前に
アフリカ大陸で生まれ
北に向かって歩きだした
三十四人のイヴたちの記憶に
辿り着くのです。

キャンドルに火を付けてみてください。
連続体からながれでた熱い液体が

バースデーケーキを溶かしながら
母系遺伝の仮説を立ててくれます。

三十四分の一のイヴの遺伝子の記憶は
死んで三日目に生まれ変わった
ひとの妻にも受け継がれ、
今、
あなたにも受け継がれるのです。
お帰りなさい。
そして、お誕生日おめでとう。

六八億二三六七人目の
子どもより」

事務的であることを
悟られない程度に優しい
看護師の手が、
かつて滑らかであった
左手の甲の点滴針をはずす。

暗い箱から白いケーキを取り出し、
誕生日の主役が生きてきた年の数の
キャンドルを突き刺しながら
原初の影を延ばしていく。

過去へ通じるぬけ穴が
一つ、一つ開けられ塞がれていく。

看護師の若い手に導かれるままに、
躊躇いがちな手は
二十億年前を少しずつ思い出し
林立する時空連続体の
一本、一本に火を点していく。

ユーラシア大陸の西側の島で
昼食会のデザートが
明々と照らし出される頃、
水の惑星のあちらこちらでは
七十億人をめがけて増殖を続ける
イヴたちの逆立つ髪が、
めらめらと燃え上がる。

約束が守られた夜の病院に
仔クジラが死んだ日の記憶が押し寄せてくる。

「縁起ものですから
バースデーケーキ
ひとくち
食べてくださいね」

看護師の声に励まされ
嚥下障害も忘れて
スプーンに向かって大きく口を開き
あの日の昼食会で拒んだケーキを、
ミサの聖餅《せいへい》を受ける信者のように
舌で受ける。

あの日と同じ冷めたアールグレイを、
聖杯を受けるように
口に含む。

強烈な眠気に襲われながら

「幸せな
お誕生日。
生まれてきて
よかった……」

と呟いてみる。

声の記憶を辿りながら

名づけびとの深い声が途絶えて
最終楽章は通奏低音が静かに響いた

旅立ちの夕暮れに季節はずれの雪が降りはじめ
水平に流れる日常時間に抱かれて降り続く

幾つもの季節にあやされるうちに
白の記憶に姿を変えてしまっても雪は
浅い眠りの波打ち際を漂いながら降りやまない

「一瞬の命を終えて向こう側に旅立った声の
残響は何処へ消えてしまうのですか」
「命の歓びに満ち足りながら一瞬の眠りの中で聴いた
声の記憶は何処へ行ってしまうのですか」

空の唇からはらはらはらはらはらとこぼれた疑問文
微かな答えに触れようと伸ばす指の先に
予感が走る

「記憶は
語り継がれるのだと思いますよ」

気がつけば永遠の風景に溶け込んでいく深夜
架空の雪を見上げ立ちつくせば

名づけびとの深い声の記憶を辿りながら
言葉たちも架空の空へ帰っていく

（声と言葉の残響は
わたしの中に広がる
架空の海へと
帰って

逝く）

あとがき

『声の記憶を辿りながら』は、詩の書き手としての私にとって、再出発の詩集です。

二〇〇一年に『名づけびとの深い声が』を上梓したのち、恩師河郁文一郎先生の詩集英訳や、海外の詩人たちの作品の評論や和訳を数多く手掛けることになりました。

優れた詩作品の創作的翻訳を試みる過程で、詩の書き手としての自分は圧倒され無力感に苦しみ、新たな作品を創ることができなくなりました。その間、大切な存在を失い、喪失感を創作の力に昇華させることも出来ないまま、長い空白の期間が生じてしまいました。

詩のかたちを持たないイメージや想いの断片だけがコンピューターの中で増殖を続けていたある日、この詩集の表紙に使った「Woman and Harp（ハープと女）」のイラストを目にしました。その瞬間、何かが再び私を訪れ、巻頭の詩を一気に書かせてくれました。また、未完成のまま眠らせていた作品と、今一度、向かい合う勇気も、次第に湧いてきました。

空白の期間に翻訳を通じて触れた詩作品が「地球規模や宇宙規模の視点」「犠牲者としてではない女性の視点」「日常的な個人の経験を普遍的なものに昇華させる手法」の重要性を再認識させてくれた気がします。また、この間、新たな異文化空間に身を置いた経験が、「帰着すべき座標を離れるほど高まる帰属意識」や「人類の現在と未来を思う地球村の一員としての意識」を目覚めさせてくれたように思います。「時間と空間と記憶、そして声」を扱ったこの詩集の作品に、これらの要素をどれだけ反映させることが出来たのかは、定かではありません。それでも、これが書き手としての自分にとっての再出発のきっかけとなるばかりではなく、再生の詩集となってくれるよう祈るばかりです。

　空白の期間、諦めずに励まし続けて下さった皆さま、そして、出版に際しお世話になりました思潮社の小田久郎氏、編集部の皆様に心より感謝を申し上げます。

二〇一〇年　早春

熊谷ユリヤ

熊谷《くまがい》ユリヤ

日本現代詩人会会員、日本詩人クラブ会員、日本ペンクラブ会員
英国　ザ・ポエトリー・ソサエティー会員
ポエトリー・ソサエティー・オブ・アメリカ会員
オーストラリア　ポエッツ・ユニオン会員

詩集

『名づけびとの深い声が』（二〇〇一、思潮社）
Double Helix Into Eternity（二〇〇〇、American Literary Press, U.S.A）
『捩れながら果てしない』（一九九八、土曜美術社出版販売）
Her Space-Time Continuum（一九九五、University Editions, U.S.A）

訳詩集

『河邨文一郎英訳詩集』（二〇〇五、思潮社）

朗読CD

Into Eternity（二〇〇一、Blue Flame Press）

yuriya@sapporo-u.ac.jp
www.sapporo-u.ac.jp/~yuriyajk/

声《こえ》の記憶《きおく》を辿《たど》りながら

著者
熊谷《くまがい》ユリヤ
発行者
小田久郎
発行所
株式会社思潮社
〒一六二―〇八四二 東京都新宿区市谷砂土原町三―十五
電話〇三（三二六七）八一五三（営業）・八一四一（編集）
FAX〇三（三二六七）八一四二
印刷
三報社印刷株式会社
製本
小高製本工業株式会社
発行日
二〇一〇年六月一日